별이 있는 풍경

양채은 시집

별 이 있 는

초판 발행 2014년 11월 7일
지은이 양채은
펴낸이 안창현 **펴낸곳** 코드미디어
북 디자인 Micky Ahn **교정 교열** 최윤성

등록 2001년 3월 7일
등록번호 제 25100-2001-5호
주소 서울시 은평구 갈현1동 419-19 1층
전화 02-6326-1402 **팩스** 02-388-1302
전자우편 codmedia@codmedia.com

ISBN 979-11-86104-00-2 03810

정가 10,000원

풍 경

양 채 은 시 집

좋은 글들이 넘쳐나는 세상에서 일상 중에 일기처럼 쓴

내 짧은 언어의 글을 막상, 세상에 보이려하니

자칫, 사치스런 감상으로 비춰질까 조심스럽다

그럼에도 불구하고,

그동안 살아온 날들의 감사와 나에게 주는 위로의 선물로

고마운 분들의 격려와 응원으로 용기를 내어본다

때론 지치고 외로운, 때론 아프고 쓸쓸한 세상을 사는 우리들에게

따뜻한 말 한마디 건네고 싶다

2014년 가을 어느 날에 양채은

contents

01

조용한 사람

02

오늘난

contents

03

어쩌다 가끔

04

어느 봄날

contents

05

창밖 풍경

01

조용한 사람

존재의 이유

하늘과 바람과 별과 시 윤동주 가능한 변화를 켠 민병국 영화감독

박인환 목마와 숙녀 가수 장사익 찔레꽃 오헨리 마지막 잎새

"눈이 예쁜 참 사람이 지다" 너를 보내며 시인 지연희

바람과 함께 사라지다 스칼렛오하라 바스콘셀로스 라임오렌지나무

....
....
....

비에 젖은 플라타너스 잎들의 절규가 있던 오늘
종일 바람도 멈추지 않습니다
온통 이런 생각들이 멈추지 않습니다

관계

　눌러왔던 설움 가득히 들고 갔다가도 네 앞에 서면 비워진다 하얗게 무슨 말을 해야 할지 어디서부터 시작해야 할지 어떻게 말해야 할지 하얗게 비워진다. 늘 그랬다 너와의 만남도, 헤어짐도, 무시로 찾아드는 딜레마일 뿐 변하는 건 없었다. 변함이 있다면 네게서 떨어져 나온 형체 잃은 조가비의 생애와, 흩어지는 슬픔을 생각하지 않는 모래알의 무표정을 내가 조금씩 닮아가고 있다는 것이다

　너의 거대한 울부짖음에 비한다면 내 서러움은 단지 수평선 너머로 곧 사라질 안개일 뿐이나, 너와 헤어져 돌아온 내일이면 나는 또 내가 있는 공간에서 아프고, 서러움 쌓아질 때면 또다시 목 놓아 부서지는 너를 찾게 될 것이다

물그림자

구애하는 발레리노의 사뿐한 손끝에 닿았을까
포물선만이 그려지는 아스라한 적막
그대 심연의 깊이 몰라 호흡마저 정지된 화면위로
구름처럼 물안개 피어 오른다
아직은 불이 꺼진 텅 빈 무대의 호수
바람이 일고, 서서히 물안개가 거치면
콘트라베이스의 선율로 차오르는 그대여

고요한사람

역동하는 바닷가 배경 한가운데
거친 삶을 고스란히 끌어안고
혼신을 다해 모래조각을 하는
숨 막히도록 고요한 한 남자가 있다
해변을 삼킬 듯한 태양
파도를 넘는 젊음의 함성
무언의 몸짓일 뿐이다
그 앞에서
먼 바다로 떠난 고깃배의 잔영을
그려보는 낡은 허무에 대해
말하지 않으리라
그 앞에서
그래도 열정을 다해 살았노라고
말하지 않으리라
일몰과 함께 파도에 묻혀 사라질
해변 위 그의 분신, 모래조각품 위에
밤 별들도 오늘은
슬프게, 슬프게 부서지리라

사랑

은하수 물결 자작나무 숲을 지나 어디쯤

아무도 밟지 않은 순백의 설원을 지나 어디쯤

운명이라 이름 지을 수 있는 꽃 한 송이

그대 창백한 가슴에 피어난 꽃 한 송이

깊은 숲 속, 길을 잃고 방황하는 그대 가슴에 피어난 꽃
한 송이

캄캄한 망망대해 표류하는 배 위로 쏟아지는 한 줄기
달빛처럼

그대 가슴에 타오르는 등불로 피어난 꽃 한 송이

그 바다에 눈

허공중에 흩어져 날리는 저 초연의 흰 꽃
눈물이어라

서로의 아픔을 보듬은 가슴속 울음
그대의 참 고운 눈물이어라

하늘이 바다인 듯 바다가 하늘인 듯
하나의 몸으로 잉태되는 절정의 순간

한 송이 꽃으로 피어난 그것은
사랑, 사랑이어라

그 남자의 사랑방식

웃고 있었지만 어김없이 가을바람 한줌은 남아 있었나 보
다 계획에 없었던 느닷없는

쇼핑을 지치도록 하고 두 손도 부족해 어깨에까지 짊어진
다. 우스꽝스런 몸짓으로

택시를 탄다. 다행히 선해 보이는 기사 아저씨, 목적지를
재촉하지 않는다 큰 숨 한번 몰아쉬고 "샛별마을요" 기어들
어가는 소리 허공에 부딪친다. 마치 기다렸다는 듯 차안에
선 '그 겨울의 찻집' '존재의 이유'. 맥없이 센티해지는 음악
이 연이어 흘러나오고 의미를 알 수 없는 짐들에 묻혀 점점
의자 깊숙이 허전한 사십오도 경사로 피곤한 몸이 구겨진다

언제나 즐거운 짐꾼이자 언제나 즐거운 운전기사인 남자
차창 밖 지나가는 늦가을 스케치 속에 늘 고마운 그 남자
가 있다

그 뜨거운 사랑

지난 가을, 이미
잎 다 떨구고
봄을 기다리는 나무들 사이로
가끔, 까닭 모를 마른 잎
처량히 남아 있는 나무가 있다
어쩌자구 ---
지나던 사람들은 말한다
나도 그 무리에 끼어
한때는, 지나친 집착이라고
차라리 그 강인함을
외면하고픈 때가 있었다
이만큼 살다 보니
다시 태어난다 해도
오로지
한 나무만을 사랑할 것 같은
그 뜨거운 나뭇잎 사랑 앞에
웬일인지
자꾸만 눈길이 간다

그대와 나

나, 그대가 될 수 없기에
때로는 그대의 슬픈 눈을
읽지 못합니다
그대, 내가 될 수 없기에
때로는 내게 무심해 보이지요

그러나 가끔, 아주 가끔씩은
그대가 될 수 없는 나
내가 될 수 없는 그대도
붉게 물든 따스한 저녁노을을
고요히
함께 바라보고 있지요

짝사랑 1

끝도 없이 용솟음치는 마음을

비우고 또 비워

더 이상 비울 것이 없는 줄 알았다

남아 있는 티끌이 있다면

그것마저 날려 보내리라 생각했다

그럴 수 있다 생각했다

먼발치에서 너의 웃음소리만 들을 수 있어도

그것으로 충분했다

비굴할 만큼 너를 사랑했던 것 같다

어느새 깊어진 너의 눈을 보고

넓어진 너의 어깨를 보고 돌아서 왔지만

어두워진 거리만큼이나 서글퍼지는 마음

추적추적 비가 내린다

우울한 이 비는 곧 그칠 테지만

너를 향한 불멸의 내 사랑은

아마도 멈출 수 없을 것만 같다

짝사랑 2

내 인생의 행복한 반전드라마는
너로 인해 시작되었고
아마도 내 생애 다하는 날까지 가장 큰 행복도
너로 인한 것이라 예감한다
설원 속에서 피어난 에델바이스 같은
지고지순한 사랑을 네가 만날 때까지
아니, 그 사랑이 너무 소중해서
네가 나를 돌아보는 일이 없을지라도
너에 대한 나의 사랑은
변치 않는 불멸의 사랑일 것이다
식어버린 차의 밍밍한 맛처럼, 너에게 난
이미 오래 전부터 따분한 사랑이겠지만
어쩜 좋아, 나에게 넌 언제나 항상
봄날 들녘에서 불어오는 상쾌한 바람처럼
향기로운 것을
단 하나의 내♥ 사♥ 랑♥

노을 지는 강가에서

사랑한다 사랑한다
하루를 아낌없이 불사른 너의 고백 앞에서
이토록 떨리는 가슴으로 서 있음은
너의 고백을 한 치의 의심 없이 믿기 때문이다

사랑한다 사랑한다
죽을 때까지 함께한다는 너의 뜨거운 고백 앞에서
어린왕자를 사랑한 꽃이 되어 서 있음은
너의 고백이 영원하리라 믿기 때문이다

사랑한다 사랑한다
너의 황홀한 매력에 질식해버릴 것 같은 순간
세상의 시간이 멈춰 버린듯한 순간
안녕, 내일을 위한 산뜻한 입맞춤을 할 때다

나의 시작

여름나무만 사랑했었다
풍성한 여름나무 안에서
애벌레처럼 숨어 있었다
따가운 햇살도 두렵지 않았다
가을이 찾아오지 않았다면
아마도 벗지 못했으리라
그 두터운 옷을
곁에 있던 헐벗은 나무도
더 빨리 잎 떨구는 나무들도
내 가지를 드러내고서야
비로소 볼 수 있었다
그 여름 동안
나 얼마나 무심했던가
가까운 사람에게조차
그 여름동안
나 얼마나 냉정했던가
타인들에게
이젠 벗으리라
한 잎 한 잎
또 다른 나의 시작을 위해

특별한 사람

내겐 특별한 사람이 있습니다

아프다고 하면

나 보다 더 많이 아파해 주는 사람

쓸쓸하다 하면

빈 술잔 채워주며

나보다 더 빨리 취해 버리는 사람

외롭다 하면

모든 것이 자신 때문인 양 안절부절 못하는 사람

풍경 있는 까페에선 언제나 배경을 등지고

여자를 풍경처럼 바라보며 행복해 하는 사람

고맙고 또 고마운 사람

사랑할 수밖에 없는 사람

내겐 아주 특별한 사람이 있습니다

02

오늘 난

운명

온통 물음표뿐인 상자 안에서
하나의 운명만 뽑을 수 있다
펼치면 두 번 접은 손바닥만 한 크기에
운명이라는 것이
미지의 문자로 빼곡히 적혀 있다
다행히도 난 암호 해독을 할 줄 모른다

실행버튼
Enter
Enter

나는 지금, 나의 길을 걷고 있는 것일까
단 한 번의 리허설도 없는 무대에서
단지 해피엔딩만을 꿈꾸며
지금 난 생방송중이다

가볍게 산다는 것

제 이름도 모른 채
빈들에 피어나는
들꽃을 볼 때면
한적한 그 마음에 끌려
겸허해질 때가 있다
제 이름 한 번
다정히 불러 주는 이 없어도
변함없이 산들한
바람소리를 낸다

가볍게
가벼웁게 · · ·

가벼워지고 싶다
산다는 것에

카운트다운

한 해의 뒷모습
깊은 밤 속으로 아득히 사라진다
쉼표도 없이 달려온 시간의 초침
정오를 지날 때, 이미 과거가 되어버린
내 우울했던 기억도
함께 보내 주리라

어둠이 걷히고 새벽이 올 때쯤
맨몸으로 이슬만을 안고 있던 나무도
더 이상 고독하지 않으리라
맑은 얼굴로 바람을 맞으리라

한 해의 끝이라는 연장선 위에
또 한 해의 시작이 함께 존재함을
알고 있기에

조용한 언어

나직하게 말하고 있었지만
여자의 음성은 연어가 춤을 추듯 경쾌했어
큰 소리로 떠들고 있었지만
여자의 음성은 깎여진 밤 껍질처럼 매말랐지
웬지 서글퍼져 애써 듣지 않으려고 했지
와인과 더불어 경쾌하게 언어가 춤을 추었지
밤 껍질이 갈라지듯 쉰 소리를 냈지
그 사이를 하모니카 절절하게 지나가고 있어
음악일까, 기도일까
그 안에서 시집을 닳도록 읽고 있어, 시인일까
와인과 곁들인 연어요리를 예찬하는 목청 큰 여자를
태우고
밥 깎는 칼을 부르트도록 파는 목청 작은 여자를 태우
고
시집을 읽고 있는 여자를 태우고
하모니카 소리 가득한 지하철은 그렇게 달리고 있었지

저녁풍경

한기 젖은 바람
저녁을 밀어오고
오후 내 벤치에 앉아
재잘거렸던 햇살
시간에 쫓겨 달아났다

아이들 하나, 둘 흩어진 놀이터엔
온기 없는 미끄럼
저 혼자 찬바람을 맞고 있다

목이 쉬게
딸랑거리는 종소리
반갑게 들린다
모락모락 김나는 삶 한 덩이를
천 이백 원 주고 샀다

오늘난

이 맑은 숲 속에서

혼자가 되어 보렵니다

너른 나무에 기대

숲을 보고 있으면

세상 속에서 잃어버렸던

진실한 나를

조금씩 찾게 되는 기쁨을

맛볼 수 있구요

숲속을 걷다

두 갈래의 길을 만나면

오래된 습관처럼

프로스트의 '가지 않는 길'이 떠올라

가슴 뭉클해지구요

인생길에선 차마

용기가 없어 가지 않은 길

오늘 난

이 숲 속에서 마음껏

가 보렵니다

중년의 아름다움

더 이상 아름다울 수 없는 빛깔로
내 앞에 서 있는 당신
여린 잎으로 세상에 적당히 타협하는 일
못 견디게 힘들어 아파한 시절도 있었지요
한때는
짙은 푸르름으로 가지 휘는 줄도 모르게
세상 앞에 당당했던 시절도 있었지요
그러나
형용할 수 없는 찬란한 빛 고스란히 지니고
한 잎 한 잎 정성을 다해 마음을 비우는
지금 내 앞에 서 있는 중년의 당신
이보다 더 아름다울 수 있을까요

라일락 향기로 눈 뜨는 아침

라일락 향기로 눈 뜨는 아침

먼 곳에 그대 있고

나 혼자라도 좋으리

매끈한 샌드위치 한 조각

순한 커피 한잔

늦은 아침으로 마냥

게으름을 피워도 좋으리

하이든 45번, 모차르트 40번

아무럼 어때, 잔잔한 음악이 흐른다면

라일락 향기로 눈 뜨는 아침

먼 곳에 그대 있고

나 혼자라도 좋으리

사모하는 님의 시집

닳도록 읽다가

허기진 햇살을 맞아도 좋으리

물망초

잊으며 사는가보다
아니
잊혀 지며 사는가보다
소중했던 만남도
다정했던 사람도
미웠던 감정들도
이렇게 하나하나
잊혀지며 사는가 보다
애써 지우지 않아도
이렇게 쓸쓸히
잊혀지나 보다

이별하지 말아요

그 사람, 아프게 하지 말아요
따스한 봄날 갑작스럽게 찾아온 한파처럼
차가운 언어로 이야기하지 말아요
화사했던 목련이 한순간 뚝 떨어져 시드는 것처럼
정신없이 허망하게 뒤돌아서지 말아요

그 사람, 아프게 하지 말아요
잠깐 머물다 이내 보이지 않는 낮달처럼
어느 틈에 왔다가 모르게 사라지는 여우비처럼
잠시 들려가는 간이역의 손님처럼 손 흔들며
무심히 냉정하게 뒤돌아서지 말아요

그 사람, 그 착한 사람 아프게 하지 말아요
비가 되어 흐르는 함께했던 순간의 영상들
가슴속에 사금파리가 되어 박히는 함께한 추억들
모두 잊을 수 있다고, 지워 버릴 수 있다고
다짐하며 잔인하게 뒤돌아서지 말아요

아바타에게

그 남자가 서 있는 곳은
도심에서 조금 떨어진 바다가 보이는 곳이야
노란 민들레가 가득 피어난 성당 앞이지
신부님과 담소를 나누고 있지만 온통 마음이
그녀를 향하고 있어
하얀색 원피스를 즐겨 입는 그녀의 향기에
마음을 빼앗겼거든

미사를 마치고 나온 그녀는
시간가는 줄도 모르고 내내 바다를 보고 있어
바다를 좋아하는 그녀는 누군가
말을 건네지 않는다면 아마도 그렇게 쭉 서 있을 거야
꼼짝도 않고, 그 남자의 눈길도
느끼지 못하고 있어
마음을 바다에게 빼앗겼거든

둘은, 한참 동안이나 온 마음을 다해 사랑하고 있어
남자는 그녀를, 그녀는 바다를
얼마나 지났을까 저녁노을이 드리우고 있어
민들레들도 노을이 들어 저보다 더 샛노란 등불을 켜고

하얀색 그녀의 원피스에도 노을이 물들고 있어

둘은, 이제 만나야 할 시간이야
아바타, 이제 그만 등을 돌려 바라봐
너의 운명 앞으로 걸어가는 거야
그 남자의 너를 향한 눈동자를 봐
좀 더 가까이 다가가
빛나고 있지, 저 타오르는 저녁노을처럼

이별하는 일

아직 한참을 더 걸어야 하는 길 눈앞에 둔 채
먼저 다급하게 가족을 떠난 어떤 이를 두고
하느님이 도대체 있긴 있는 거야? 큰소리로 자문하는
독실한 신앙인 후배 말이 가슴에 박혀 먹먹해진다
우리가 술잔을 나누며 우리들에게 취해 있는 이 시간
어디에선가 급행열차를 타는 또 어떤 이가
밤하늘 별에 취해 우는 밤
저 밤하늘의 별들과 우리들의 경계가
파도가 밀려오는 해변 위에 새겨진 그림처럼
가볍다는 것을 아는 우리는
"인생 뭐 있어 알콜이지!" 쓰디쓴 농담을 하며
반쯤 허무한 우리들의 생을 술잔에 채워 마신다
나머지 반쯤은
언젠가 서로의 가슴에 따뜻한 별이 되어 줄 우리들을 위해
허무한 우리들 생을 사랑하기 위해 술잔을 채운다
인생을 즐거운 소풍으로 노래한 별이 된 시인이
하느님으로 느껴지는 이 밤
우리는 새벽별이 보고 싶어 늦도록 술잔을 채운다

우리들이야기 1

햇살 좋은 맑은 날이다
바람이 불기 전에, 비가 오기 전에
서둘러 흔적을 남기고 싶은 듯
벚꽃 잎들은 사람들이 오가는 길목에
발자국을 찍고 있다
가장 아름다운 순간을 놓치고 싶지 않은
우리 마음도 그러하리라
생각해보면, 저토록 찬란히 꽃을 피웠다가도
바람 불면 바람이 부는대로
비가 오면 비가 오는 대로
멋진 뒷모습을 보여주는 너는
꽤나 괜찮은 녀석이다
세월 따라 변하는 우리들 모습이지만
너를 닮고 싶어 하는 이 순간에 우리들을
예쁜 추억으로 기억해 주리라는 것을
우리는 안다

우리들 이야기 2

누구나 가슴 한켠엔
그리움 하나쯤 안고 산다지

먼 먼 곳으로 무리지어 떠나는 철새가
눈부시게 아름다운 건
그리운 곳을 향해 날아가기 때문일 거야

넘치는 잔으로 축배를 드는 우리가
아름다울 수 있는 건
가슴속 어딘가에 그리움 하나쯤
안고 살아가기 때문일 거야

03

어쩌다 가끔

여름 그리고 가을

두 계절이 공존한 하루
노을 지는 저녁 무렵 스치는 바람은
제어할 수 없는 파도가 되어
송두리째 가슴을 쓸고 간다
무작정 바람 따라 나선 거리엔 낯선 사람들뿐
커다란 기쁨이었던 빨간 비둘기도 없다
어깨 나란히 걷던 가난해서 더 예쁜 연인들도 없다
들꽃 한 아름 꺾어 사랑을 고백하던 연인들도
이젠 더 이상 없다

문명이 가져다 준 이 빈곤한 거리엔
허기진 바람만 불고 있다

가을 한낮의 햇살

가을 한낮의 햇살이
쉬 이별을 서두르지 못하는 까닭은

흘러간 것들의 미련 때문도 아니다
흘러간 것들의 그리움 때문도 아니다

어디선가 그의 따스한 손길을 기다리는
가슴 시린 사람들이 있기 때문이다

가을비

구름이 지나간 하늘도
가을 병을 지독히 앓고 있나 보다

찰나의 흔적도 없이 사라지는 동그라미를
대지 위에 쉴 새 없이 그리며

소리 없이 별처럼 울고 있다
소리 없이 별처럼 울고 있다

낙엽1

나무 한 몸을 빌려
계절을 살고
이제 가야 할 시간
또 다른 탄생을 위해
잠시 쉬어 가는 공간
처음부터
나의 것은 없었으므로
부유하는 바람조차도
소유하지 않은
그의 낙하는
깃털보다 가볍다

무
소
유

단지 허밍 음만으로
뱅그르르
가볍게, 더 가볍게
낙하한다

낙엽 2

이 세상 마지막 날
슬프지 않은 맑은 얼굴로
새벽별 스러지듯, 가만히
그렇게 작별을 고하고 있을 때
왜 나는 슬퍼지는지

마주보고 있지만
지극히 냉정한 타인의 독백처럼
불꽃처럼 타다, 흩날리며
그렇게 작별을 고하고 있을 때
왜 나는 슬퍼지는지

우리 인생도
잠시 스쳐 지나는 영상 같은 거라고
유언처럼 속삭이며, 우수수 우수수
그렇게 작별을 고하고 있을 때
왜 또 나는 슬퍼지는지

가을 꽃향기

새롬새롬 어설픈 가을 비 내리고
적당히 쓸쓸함이 좋은 날
미세한 잡음에 섞인 턴테이블의 음악이
고집스레 듣고 싶고
적당히 허전함이 좋은 날
따뜻한 찻잔에 국화송이 동동 띄워
가을바람만큼만 기다렸다가
찻잔에 가을이 짙어질 때
그 향기를 마셔본다

들녘에서 불어오는 가을 꽃 향기

시월의 변주곡

나 누군가를 사랑한다면
바람 부는 시월에 사랑하리
봄날에 꽃잎처럼 달콤하지 않게
여름해변처럼 뜨겁지 않게
사랑한다는 말
어렵게 하지 않아도
바람 부는 시월
낙엽 맞으며 미소 짓는
당신 모습만으로
푸근히
사랑할 수 있으니까

나 누군가와 이별해야 한다면
바람 부는 시월에 이별하리
겨울나무처럼 춥지 않게
이별이라는 말
어렵게 하지 않아도
바람 부는 시월
낙엽 밟으며 말없이 쓸쓸한
당신 모습만으로

낯설지 않게
이별할 수 있으니까

갈대 1

꽃처럼 나무처럼
세상에 어떤 의미가 되는 것에 집착하지 않는
욕심 없는 그대가 좋다

강한 듯 보이나
사실은 바람의 작은 속삭임에도 귀 기울여주는
마음 따뜻한 그대가 좋다

세찬 바람이 불면
바람 부는 대로 물결이 되어주는 목소리 크지 않은
소박한 그대가 참 좋다

갈대 2

바람 앞에 너무도 가벼운 그가
언젠가는
강변을 떠날 것이라 했다
세인들은

바람을 사랑하는 그가
강변을 떠나지 않는 것은
아이러니한 일이라고 했다
세인들은

계절이 다 가도록
낡은 갈색 외투 하나로
무심했던 강물도, 바람도
사로잡은 그가
아무래도
흑백 논리에 익숙한 세인들의
마음을 사로잡기는
힘들 것 같다

나비의 춤

너울대며 춤을 추듯 떨어지는 낙엽들
나비가 되고 싶었던 거야
무심한 사람들 발에 밟히는 일이 두려웠던 거야
어느덧 깊어진 무리 속에 있다는 것이
맥없이 홀로서기를 하는 것보다 위안이 될 만큼
함께하는 일들에 대해 길들여져 있던 거야
혼자서는, 혼자서는 나비의 군무를
그릴 수가 없었던 거야
화려한 비상을 꿈꾸었던 것은 아니야
다만, 한 떨기 꽃잎이 스러지듯 허무하게 떨어져
낭만이 죽은 어느 거리엔가로 이탈해 버린다면
아, 그것은 그의 생애 어느 한 순간에도
상상하지 못했던 일일거야
때 맞춰 사연 많은 바람마저 불어준다면
낙하하는 모든 것들과 함께 춤을 추는 거야
나비의 춤을

장미의 연가

한바탕
꽃무리들의 축제가 끝나고
초록이 짙어질 때
베르테르의 슬픈 사랑처럼
시리도록 붉은 정열로
피어나는 그대
깊은 가슴속 그 어딘가에
꽁꽁 묻어둔 벅찬 사랑을
차마 떨치지 못하는
베르테르의 차디찬 고독이
아름다운 그대 몸에서
그대로, 가시가 되었나요
죽음조차 두렵지 않은
베르테르의 핏빛 사랑이
눈부시게 푸른 오월
노을처럼 타오릅니다

그리움 하나

산 빛이 그리워
산새에 머물렀던 물안개
어느새 하늘빛이 그리워집니다
머물렀던 흔적을 슬프게 지우며
하늘로 오릅니다

허허로운 산은 물안개의 그리움을
알지 못합니다
잠시 머무는 동안
그저, 바라만 보았을 뿐입니다
산은 물안개의 하늘빛 그리움을
알지 못합니다

그 쓸쓸함의 깊이

잔잔한 호수에 꽃잎 같은 바람만
간간이 머물다 갈 뿐
움직임이라곤 정답게 노니는
흰 오리 한 쌍 뿐이다
언제부터일까
바위처럼 굳게 홀로 앉아 있는 노인
속절없이 호수만을 바라보고 있다
가끔, 푸른 하늘을 나는
새들을 바라본다면
노란 민들레가 들려주는 세상이야기도
아기 별꽃이 들려주는 숲 속 이야기도
들을 수 있으련만
노인 앞엔 말 없는 호수뿐이다
그 외로움의 무게를
그 쓸쓸함의 깊이를
차마 잴 수가 없다
산다는 게 뭘까
부질없는 질문이 호수 속으로 사라진다

어쩌다 가끔

드넓은 광장
군중 속
돌연
정체모를 비행물체처럼
불시착했다고 느껴질 때

무표정한 도시
사람들
돌연
대답 없는 메아리처럼
공허하다 느껴질 때

커다란 의미를 지닌 것들이
어느 순간 그 의미를 잃어버려
아무것도 아닐 때가 있다

너무나 선명한 햇살 앞에서
전투력을 상실한 한 여자
젖은 빨래처럼 누워 있다

04
어느 봄날

마른 꽃잎으로 우리 다시 만날 때

지상에서 가장 투명한 입맞춤으로
내게 왔다. 처음에 넌
손때 묻은 현악기의 그 깊은 울림처럼
있는 듯 없는 듯, 처음부터 지금까지
늘 그 자리에 있었건만, 한동안 잊고 지냈다
너의 존재를, 아니 너의 소중함을
그래, 웃고 우는 세월 속에
네가 함께 있었구나
마른 꽃잎 되어 우리 다시 만날 때
처음의 그 투명한 입맞춤이 아니어도 좋아
향기 잃은 네 모습, 조금은 쓸쓸해 보이지만
퇴색된 네 모습 조금은 허전해 보이지만
어느 날 문득
터무니없이 낡아지지 않는 네가 있어
나 외롭지 않다
내게 살아가는 의미가 되어주는 네가 있어
이 가을, 나 외롭지 않다

겨울 풍경

토닥이던 따스한 햇살마저 훌쩍 떠나 버려
외롭게 앉아 있는 벤치
풍경 속 어느 한 점으로 흡입되고
길을 잃은 듯 추운 발자국만 흩어져 있다

나 홀로 바람과 동행하는 길
차가운 계절이 지나가고 있다
멈출 수도 있지만 멈추고 싶지 않은 길
끝없이 펼쳐지는 광활한 평야다

저 멀리 보이는 지평선의 언덕
그리운 것들로 가득 채워지는 시간
느린 걸음으로 하루를 반추해 보는 시간 위로
민들레 홀씨 같은 서설이 동반자처럼 날린다

가슴에 부딪쳐 오는 푸르게 부신 은하수
또 내일은 환한 햇살로 맞을 것이다

겨울나무

야위어가는 겨울나무 가지 끝에서
그리움은 온다

분홍빛 칵테일 추억마저 풍장해 버린
저 메마른 침묵

빈 잔처럼 사라져버린 흔적을 안고
사막에 이는 모래 폭풍처럼 걸어온다

첫사랑의 눈빛을 머금고
북극을 횡단해 온 저 환한 전라의 달빛

그 달빛에 젖다보면
황무지에서도 그리움의 꽃은 피어나는가

특별한 이벤트만을 꿈꾸는가

정오의 햇살이 눈부신 겨울날
지기知己에게서 점심초대를 받았습니다
바쁜 시간을 쪼갠 터라 그날도 친구는
여전히 분주해 보입니다
그런 중에도 정이 넘치는 그 친구가
손수 빚은 만두는, 분명
고통 몇 스푼 슬픔 몇 스푼쯤 눌러
만들었을 것입니다
담백한 유머와 함께 따뜻한 만둣국을
끓여주는 그날 친구의 모습은
보랏빛 이상주의에 젖어 현실감 없이
살아가는 이 사람에게
평범한 일상 속에서 특별한 이벤트만을
꿈꾸며 사는 이 사람에게
큰 가르침을 주는 인생의 스승이었습니다
세월이 흘러도
햇살 좋은 겨울날이면
씩씩한 그 친구를 떠올릴 듯합니다

눈 오는 거리에서

'은평구'라는 표지판을 보며
오래된 정원의 뒤안길 같은
고즈넉한 거리를 걷고 있는데말야
작은 아이들이 비눗방울 놀이를 하듯
하얀 눈이 퐁퐁 흩날리는 거야
목적 없이 걷던 길도 아니였는데
글쎄, 목적을 잃어버렸지 뭐야
살아왔던 예쁜 순간들만 마구마구 떠오르는 거야
그리운 얼굴들이 마구마구 떠오르는 거야
손을 들어 잡아 보았어. 허우적대며
그런데 말이야
이만큼 허우적거리면 잡힐법도한데 말야
손에 가득 스미는 건 차가운 냉기뿐이더군
함박눈 내리는 거리에서
느닷없이 방황하게 하는
그리움이란 것 말야
오늘은 왜 이리 미치도록 좋을까

3월의 함박눈

　분명 하늘에서 눈꽃 축제가 있는 것이다
　"지상에 있는 모든 생명들에게 사랑을 위하여" 건배를
하고
　눈꽃을 풍선에 담아 아낌없이 아래로 아래로 터트리고
있다
　마음이 따뜻한 사람에게도, 마음이 추운 사람에게도
　자동차가 달리는 도로에도 눈꽃 풍선을 마구 터트려
　마음이 바쁜 사람들에게 잠시 쉬어가라 한다
　쉼 없이 눈꽃 풍선이 터진다
　봄 햇살에 기지개 펴던 나뭇가지위에도 터진다
　마실 나오던 어여쁜 꽃눈들도 눈꽃 풍선을 쓰고
　좋~ 단~ 다

반전

내려진 커튼 사이로 스치는 햇살마저
불편할 때가 있다
한낱 투명한 유리창에 불과한 것이
세상과의 거창한 통로라니
비애로 쏟아지는 무게 앞에 대책이 없다
빛이 스며들지 않도록 장막을 친다
흐르는 음악의 볼륨을 높인다
사는 게 참말 왜 이렇게 부질없다 느껴지는지
전화선을 뽑아둔다. 이 황폐함을
아무에게도 들키고 싶지 않다

빨간 불빛이 아득하다
멀리, 부딪쳐온다

작은 공간 속에 우편함

메시지 보기
아유~ 저 봄햇살좀^^
어떻게 해 주세욤~
꽃단장하고 나가고
시포라~~ 그죠?

회신번호

김언수

종종 봄 향기 같은 안부 전해주는 시인
눈 시린 사연에 아무 일 없었던 듯
답장을 하고
서먹하게, 커튼을 열어 본다
아직 여린 목련 꽃눈이 햇살에 웃고 있다

목련화

아련한 봄빛아래
휘청이는 순백의 꽃망울
영화 속 주인공처럼
마지막 큐-싸인 만을
기다리고 있다

그 아득한 하얀 떨림

쉼 없이 바라보고 있으면
우연처럼
운명처럼
타오르는 사랑의 순간

그 아득한 하얀 떨림

가만히 눈감고
더디게 수를 세고 있으면
거짓말처럼
피어나는 사랑의 절정

어느 봄날 1

파렛트 위에 한 방울의 물감까지
남김없이 쏟아부었다. 봄날은
이렇게 눈부신 봄 날
가슴 한켠이 시려오는 건
지금 내 곁엔
봄날의 꽃보다 더 좋은 사람이
없다는 것이다
보고 있으면 마냥 연민이 느껴지는
보랏빛 제비꽃에 대해
목련 꽃망울 위에 걸린
그 막막한 그리움에 대해
분홍빛 진달래가 갖고 있는
끝내 설명할 수 없는 그 쓸쓸함에 대해
가슴 뜨겁게 잔 부딪칠
이 봄날의 꽃보다 더 좋은 사람
지금 내 곁엔 없다는 것이다
아니, 누군가에게 그런 사람이
될 수 없다는 것이다

어느 봄날 2

'오늘은 어제 죽은 이가 그토록 살고 싶어 했던 내일'

어느 작가의 울림은, 아득한 풍경 소리로 전해질 뿐
진부한 소설처럼, 드라마처럼 아니 나의 시어들처럼
그날이 그날인 것만 같은 건조한 오늘, 또 오늘
봄날 나른한 오후 햇살 속에 무기력하게 앉아 있다

하루의 초침은 작은 배려도 없이 앞서만 가는데
세상은 온통 봄의 실루엣으로 눈이 부신데
아직도 올이 풀린 낡은 스웨터를 벗지 못한 나는
구겨진 하루를 한 장씩 날리고 있을 뿐이다

도무지 깨어나지 않는 가슴속 서걱거림
도무지 펄럭이지 않는 가슴속 외침

변해가는 것들

투명한 우산을 쓰고 너를 닮은 봄비를 맞으러 거리를
나선다

우산 속에도 너를 닮은 봄비가 내린다

그때 네가 그랬던 것처럼 동그랗게 구르며 사랑을 속
삭이기도 하고

그때 너처럼 우산 속으로 톡 톡 뛰어 들어와 내 볼을 만
져 주기도 한다

한참을 걸어 한쪽 어깨를 다 적시고도 영롱한 눈빛으
로 서로를 보곤 했었다

그때는, 그래, 그때는 차~암 좋았지

쓸쓸함마저도 사랑할 수 있다는 시간들이 흘렀다

서로의 대해 조금씩 식어가는 열정을 순리라 여길 만
큼 긴 세월이 흘렀다

그러나 때론 변해가는 것들에 대한 상실로

독감에 걸린 듯 아플 때가 있다

오늘처럼 봄비가 내리는 날이면

난 아직도 싱그러웠던 너를 찾아 거리를 나선다

봄비

웅크린 채 흐린 날
마음 통하는 너와의 만남에
무게를 두고
우산 없이 길 떠난다
차오르는 사막 같은 목마름
금방이라도 너를 안고 올 바람이 있어
그래도 견딜 만하다
기다림이란 늘 이렇게
애타는 일인가 보다

후
   두
      둑

얼굴에, 맨살에
느낌표로 떨어지는 너의 존재
푸르게 익어가는 가로수 길 한복판
싸---한 어지럼증이 인다

봄비 내리고 벚꽃잎 질 때

탄성을 자아낼 만큼

빛나는 순간

망설임 없이 꽃잎 떨구는

너처럼

아낌없는 사랑을 했기에

진정 멋있게 떠날 줄도 아는

너처럼

봄비 헤프게 울던 날

가슴으로 우는 너처럼, 나도

그렇게 아름다운 이별을 해야겠다

봄비, 사랑하는 일

빈 들에 그녀가 홀로 서 있을 때
소리 없이 그녀에게 다가갔지
바람과 함께 다가가 그녀 마음을
흔들어 놓을 수도 있었지만
그냥 조용히 있어주고 싶었던 거야
그녀가 수선스러워질 때까지
그녀의 시선이 닿을 때까지
예전부터 그녀의 몸 일부분인 꽃눈이었던 것처럼
아무렇지도 않게 가지 끝에 매달린 채로
그냥 가만히 기다려주고 싶었던 거야

아침에 피어나는 햇살
가끔씩 지나가는 바람
어둠이 내리는 일상처럼
내 존재를 아득히 알고 있던 그녀가
어느 날
긴 침묵을 깨고 조금은 수선스러워져서
망울망울 새순을 피우더군
빈 가슴이었던 그녀가
조금씩 생기를 찾아가더니

어느 날엔가는 목젖이 드러나게 웃더군
감동이었지

이쯤에서 그녀도
내 작은 푸념 정도는 받아주지 않을까
소리 없이 그녀의 가슴에 스민다는 것이
바라만 보고 있다는 것이
얼마나 큰 인내를 필요로 하는지…
더 이상 침묵하지 말라고
기다리는 동안 많이 아팠노라고
이제는 나도 그녀의 사랑스런 눈길
한번쯤 받아보고 싶다고

05

창밖 풍경

인연

길을 걷다
바람처럼 스쳐 지나는 사람
내 운명 안에 존재하는
침묵하는 인연일 수 있다
가벼운 눈인사라도 하자

여행길에서
온기 느끼며 나란히 앉은 사람
내 운명 안에 한동안 머무는
인연일 수 있다
바람이 쉬어 가는 일
그리 쉬운 일인가
환한 미소로 인사라도 하자

삶이란 둥그런 우주 위에
발자국을 남기는 일
얼굴 붉히며 미웠던
그 사람의 발자국 위에
내 발자국, 한번쯤
포개질 때가 왜 없겠는가

한 바퀴를 돌아
결국 원점에서 만나는 우리들
가볍게 눈인사라도 하자
환한 미소로 인사라도 하자

창밖 풍경

지금 막 차에서 내려 바쁘게
걸음을 옮기는 남자가 보입니다
작은 가방을 들고 있지만 지쳐 보이는군요
삶의 무게가 그의 가방 만큼만이라도
가벼워졌으면 좋겠습니다
무언가 가득담긴 장바구니를 들고
아파트 현관을 들어서는 여자가 보입니다
멀리서도 미소가 느껴지는군요
장바구니 만큼의 삶의 무게를 미소로 담고
살았으면 좋겠습니다
아, 정겨운 모습이 보이네요
배낭을 메고 천천히 들어서는
노부부의 모습입니다
이마엔 땀방울이 맺힌 듯하지만
얼굴엔 함박웃음이 가득합니다
바쁠 것이 조금도 없는 걸음은
삶의 무게가 넉넉하게 그들 배낭을
가득 채운 듯합니다

동행 1

하루 끝에서 마음 허전해 지는 날
살아가는 일 대책 없이 쓸쓸하게 다가오는 날
그저 네가 보고 싶어 하늘을 본다
언제나처럼 포근히 안아주는 네가 있어 좋다

내가 웃으면 더 크게 웃어 주고
내가 울면 무작정 같이 울어 주는 너
초라한 내 모습, 지친 내 모습조차
사랑해주는 네가 있어 좋다

내게 처음으로 사랑이 찾아왔을 때
그 사랑이 절망적 이였을 때
내가 때아닌 늦춘기를 보낼 때
내가 슬픔에서 헤어나지 못할 때
두서없는 고백들을 들어야 했던 너도
힘들었을 텐데
가만히 손잡아 주는 너

오늘밤도 그런 네가 보고 싶어
하늘을 본다

동행 2

그가 곁에 있었던 것만으로도
충분히 감동이었던 것을
헤아릴 수 없이 내 가슴을
뜨겁게 해 준 기억마저 퇴색되어
쓸쓸한 이 계절 그를 춥게 만든다

희끗한 머릿결 위로 구릿빛 얼굴 위로
그윽한 석양빛이 내려앉는데
아련하게 곁을 지켜준 그가 있었던 계절이
바로 감동이었던 것을
내 쓸쓸함이 앞서 그를 춥게 만든다

서럽게 눈부신 이 계절
그도 속이 휑하니 앓고 있을지도 모르는데
여유로운 그 미소 속에 감추어진
지친 영혼이 분명 있을 텐데…

생명

어느 별에서
포르르 홑씨처럼
날아왔을까

눈부신 세상을
볼 수도 들을 수도
느낄 수도 없는
완전한 토르소였던
내게

날개를 달아 준
저 신비한
작은 새 한 마리

비상

직사각형 빨간 가죽 표지 수첩
마음 꾹꾹 접어 넣기 좋다 싶어
냉큼 들고 왔다 나풀거리며
그때까지 좋았는데…
오래되어 너덜해진 수첩 속에서
세상사 끄집어 오는 일
얽힌 관계들 정리하는 일
기쁨인 줄만 알았는데, 때때로
세 글자 즐겁게 튀어 올라 미소도 지어보지만
사람 오간 데 없는 이름만 덩그러니 떠올라
가슴 베이게 될 줄은…
날갯짓 힘겨운 작은 새, 세상 속에서
비상구는 멀기만 하다
좀 더 높이, 정성껏 날아보자
모래바람에 날개 한쪽을 잃는다 해도
날개 접지는 말자
좀 더 멀리, 정성껏 날아 보자

가면무도회

거대한 원 안에 촘촘히 박혀

서로 다른 가면을 쓰고 있지만

어쩜 우린

너무나 닮은 내면을 갖고 있는지 모른다

발가벗은 알몸을 보이고 싶지 않아 몸부림치는

그저 그런

너무나 닮은 사람인지 모른다

사랑만 하며 산다 해도 길지 않은

우리들의 삶

후세인 드라큘라 팥쥐 어멈…

어떠한 모습도 수용해주는 넉넉한 무도회처럼

우리 서로 사랑만 할 수 없을까

우리 서로 사랑만 할 수 없을까

길

한참을 걸었네
계속해서 이어지는 이 길을
수십 번의 꽃이 지고
수십 번의 꽃을 피웠을 이 길을
무심히 걸었네
문득 뒤 돌아보니
끝이 보이지 않는 길
발자국마저도 자취 없이 사라졌네

모두가 신기루인 것을

애태우며 소리치며 걸었네
그리워하며 미워하며 걸었네
다시 돌아서 걷는 길
비우며 느리게 걸으려 하네
더 많이 사랑하며 감사하며
유심히 걸으려 하네

시인나무

산벚꽃나무, 살구나무, 대추나무

가을비에 젖고 있다. 이름표를 반짝이며

우산 없이, 흠뻑

산벚꽃나무, 살구나무, 대추나무

되새겨 이름 불러본다

우산 속에도 찬비 내린다

몇 걸음의 심상心想, 심상心想…

이름표 없는 연초록의 나무

오래도록 바라본다

그도 나를 본다. 가을비 속에서

우산 속에도 찬비 내린다

그리고 침묵, 침묵

시 인 나 무

아무도 시인나무라 불러 주지 않아도 좋으리

우산 없이 맨발로

가을비에 젖을 수 있다면

나에게

반듯한 네거리 신호 같은 직선을 긋고
딱 그렇게 살아야 한다고
늘 푸른 소나무처럼 올곧게 살아야 한다고
다그치지 말자
조금 싱거워 보이는 잎 넓은 활엽수 더 정겹고
푸근해 보일 수 있지
새벽 유리창 위로 또르륵 미끄러지는 물방울처럼
차가운 언어로 너와 나를 관계 짓지 말자
초롱꽃 끝에 이슬하게 매달린
조금은 어눌해 보이는 아침이슬
더 사랑스러울 수 있지

그렇게 바람처럼 살고 싶었니

그렇게
바람처럼 살고 싶었니

제 자리 잃어버린 채
바람처럼
허공을 헤매다
헤매이다
도무지 어울리지 않는
아스팔트 위에서
바람마저 놓쳐버리고
끝내
한 떨기 미이라가 되어버린
가을 흔적들

그렇게, 그렇게도
바람처럼 살고 싶었니

잠시 잊기로 해요

깊은 숲 속 나무 아래
조금은 내게 위안을 주었을 장식품 떼어 놓고
적잖이 공을 세워준 신발도 벗어둡니다
거추장스러운 옷일랑 벗어 꼭꼭 접어 베개 삼고
가장 편안하게 누워 하늘을 봅니다
희망이 보이듯 언뜻 언뜻 보이는 하늘빛은
어쩜 그리 고운지요
햇살에 반짝이며 가볍게 흔들리는 나뭇잎들은
어쩜 그리 싱그러운지요
명랑한 새소리, 풀벌레 울음소리
바람에 스치는 초록 종소리

혼탁한 세상소리는 잠시 잊기로 해요

별이 있는 풍경

비 개인 중앙공원
맑은 어둠이 내린다
하나, 둘, 별 하나씩 내려와
가로등 위에 앉고
우리 사는 아파트 창에도
한 집, 두 집
별 하나씩 매달고 있다
저녁공기를 유난히 좋아하는
고 작은 별 때문에
서둘러 산책 나온 젊은 아빠
유모차에 별 하나 태우고
두둥실 걸어간다
한 컷의 흑백 필름이 돌아가고
고 작은 별이 아빠가 된 먼 훗날
아마도, 고 작은 별은
세상에서 가장 빛나는 별을 태우고
두둥실 걷게 될 것이다
오늘처럼 비 개인 저녁
지금 이 시간쯤이면

안녕하세요?

봄날들이 마구 달려오고 있군요
우두커니 아무 생각도 할 수 없는
얼음인형이 되어 버려요
이렇게 예쁜 봄날 왜냐구요?
그렇게 물으니 부끄러워지네요
살면서 가끔은 위장이 필요하거든요
봄이 올 때마다 춥다고 소리칠 순 없잖아요
모두가 추울 텐데…
아, 모두라고 하면 실례가 될까요?
내가 추우면 다른 사람들도 모두 추워 보이거든요
우왕좌왕 바쁘게 사는 모습들이
희극배우의 뒷모습처럼 추워 보이거든요
후~
이제 봄마다 추위를 견뎌야 된다는 바보 같은 생각
접기로 했어요
안녕하세요? 봄에게 이렇게 먼저 인사를 하는 거예요
프리지아 한 아름 화병에 꽂아 거실 한 가운데 두어야
겠어요
아, 수선화도 창가에 나란히 놓아두고…
쟈스민도 침대 곁에 전등처럼 놓아두려구요

더 추워지지 않도록 장치를 하는 거예요
그러다 보면 얼음인형도 스르르 녹아버리겠죠
그래요, 살면서 가끔은 위장이 필요해요
얼음인형 때문에 사랑하는 사람들을
춥게 할 수는 없잖아요

민들레의 첫사랑

어김없이 다시 찬란한 봄은 왔다
너를 처음 만난 건
볕이 잘 드는 빈들 에서도
호젓한 강가 옆에서도 아니다
무심코 걷던 길, 저만치 묵묵히 서 있던
키 큰 가로등 아래서다
어쩜, 그처럼 해맑은 미소로
기다린거니? 나를

가로등 불빛이 좋아서였다고
괜히 딴청 피우지 않았으면 해
짙은 황사를 피하고 싶었을 뿐이라고
핑계대지 않았으면 해
이미 너무나 환한 너의 미소가
변명할 수 없다는 거, 너 알고 있니?
무작정 기다린거니? 나를

지난봄에도, 지지난 봄에도
아무데서나 불쑥 나타나
웃음 흘리는 네가

솔직히 좀 헤프다 싶었지
그리고, 그런 너의 사랑쯤
특별한 의미를 두지 않은 건
참 오래된 일이야

너를 사랑하게 되었어. 고백해
언제부터라고 말해야 할까
해마다 이맘때쯤 앓는 열병을
모질게 앓고 난 후
여전히 그 가로등 아래서 나를 기다려 준
네 모습을 보았을 때라고
말해주고 싶어

순백의 순수가
짚어내는 숨소리

지연희 (시인, 수필가)

순백의 순수가 짚어내는 숨소리

지연희(시인, 수필가)

　나뭇잎이 가장 아름다운 빛으로 자신의 마음을 비추어 내는 계절이다. 신비로운 색감으로 계절이 계절의 시간을 넘어 서서히 물들기 시작할 때면 시인의 낯빛을 떠올린다. 감각의 촉수로 흔들리고 있는 저 바람의 몸짓 또한 한 편의 대 서사시라는 것을 알게 된다. 미세한 감정의 구체적 표현으로 시작되는 시의 언어로 채색된 아름다운 그림들이 온 산천을 물들이고 있다. 붉은 불빛으로 타오르는 가을빛 언어, 시인보다 먼저 시를 쓰는 나뭇잎의 언어를 통하여 시인은 세상에 존재하지 않는 새 생명의 언어들과 비로소 만나게 되는 것이다.

　양채은 시인은 시대문학 신인상 시 부문에 당선되어 시작활동을 시작한 시인이다. 호수문학, 창시문학, 문파문학, 한국문인협회 회원으로 시의 저변을 넓혀 온 시인은 맑은 영혼의 순수를 짚어내어 깊은 은유나 비유적 언어를 의식적으로 배척하는 시를 쓴다. 직감적이며 꾸밈없는 일상적 언어를 지양하는 시인은 자연한 언어를 시의 축으로 삼고 의미를 담아낸다. 때문에 양채은 시인의 시는 하얀 백지에 여과 없이 스며드는 물방울처럼 순수하다. 있는 그대로 받아들이는 화선지의 담백한 성정을 닮았다. 포도 위에 소리 없이 떨어지는 가을비처럼 조용하다.

사랑한다 사랑한다
하루를 아낌없이 불사른 너의 고백 앞에서
이토록 떨리는 가슴으로 서 있음은
너의 고백을 한 치의 의심 없이 믿기 때문이다

사랑한다 사랑한다
죽을 때까지 함께한다는 너의 뜨거운 고백 앞에서
어린왕자를 사랑한 꽃이 되어 서 있음은
너의 고백이 영원하리라 믿기 때문이다

사랑한다 사랑한다
너의 황홀한 매력에 질식해버릴 것 같은 순간
세상의 시간이 멈춰 버린 듯 한 순간
안녕, 내일을 위한 산뜻한 입맞춤을 할 때다

- 시 「노을 지는 강가에서」 전문

온통 물음표뿐인 상자 안에서
하나의 운명만 뽑을 수 있다
펼치면 두 번 접은 손바닥만 한 크기에
운명이라는 것이

미지의 문자로 빼곡히 적혀 있다
다행히도 난 암호 해독을 할 줄 모른다

실행버튼
Enter
Enter

나는 지금, 나의 길을 걷고 있는 것일까
단 한 번의 리허설도 없는 무대에서
단지 해피엔딩만을 꿈꾸며
지금 난 생방송중이다

– 시 「운명」 전문

문학은 표현양식에 있어 작가의 사고思考와 삶의 철학을 배제하여 가늠하기는 어렵다. 하여 '문학은 쓰는 이, 바로 그 사람이다' 라고 할 만큼 각자의 독특한 문체에 내장되어 있는 시 정신을 만나게 된다. 양채은 시의 중심에는 매사 긍정적 시선으로 절망하거나 슬퍼하지 않는 영혼의 세계가 있다. 슬픔의 공간 속에서도 내일을 내다보는 희망이 있고 평안이 보인다. 시 「노을 지는 강가에서」, 시 「운명」을 감상하면 양채은 시인의 심중에 내재해 있는 빛의 아우라를 만나게 된다. 어두움을 빛으로 밝히는 긍정적 마인드가 투사되어 슬픔을 말하다가도 희망으로 일어선다. 이는 어떤 대상을 만나도 치유의 힘으로 다스리는 측은지정의 발로일 것이다.

'사랑한다 사랑한다/너의 황홀한 매력에 질식해버릴 것 같은 순간/세상의 시간이 멈춰 버린 듯 한 순간/안녕, 내일을 위한 산뜻한 입맞춤을 할 때다'라고 하는 시 「노을 지는 강가에서」에 포착한 의도는 사랑하여 질식해 버릴 것 같은 순간, 시간이 멈춰버릴 것 같은 순간의 극적인 아름다움 앞에서 이별해야 하는 아쉬움을 말하고 있다. 극한의 아름다움 뒤에 오는 이별의 아픔을 다스리기 위한 위로이다. '안녕, 내일을 위한 산뜻한 입맞춤을 할 때다'라며 내일에 대한 기대를 심어준다. 그냥 저물어 사라지는 여운이 아니라 내일을 위한 이별(입맞춤)을 기약하고 있다. 시 「운명」에서도 마찬가지다. 생명으로 태어나 숨쉬기를 시작하는 인생의 길 실행버튼은 가동되어 현재라는 지금에 닿아있다. 다소의 의문과 함께 진행되고 있는 삶이다. '실행버튼/Enter/Enter//나는 지금, 나의 길을 걷고 있는 것일까/단 한 번의 리허설도 없는 무대에서/단지 해피엔딩만을 꿈꾸며/지금 난 생방송중이다'라는 지금 이 순간 이후 이어질 리허설 없는 삶의 무대에서 남은 삶에 대한 '해피엔딩'을 꿈꿀 수 있다는 사실은 시인의 정신으로 만날 수 있는 가치이다.

　　그 남자가 서 있는 곳은
　　도심에서 조금 떨어진 바다가 보이는 곳이야
　　노란 민들레가 가득 피어난 성당 앞이지
　　신부님과 담소를 나누고 있지만 온통 마음이
　　그녀를 향하고 있어
　　하얀색 원피스를 즐겨 입는 그녀의 향기에
　　마음을 빼앗겼거든

미사를 마치고 나온 그녀는
시간가는 줄도 모르고 내내 바다를 보고 있어
바다를 좋아하는 그녀는 누군가
말을 건네지 않는다면 아마도 그렇게 쭉 서 있을 거야
꼼짝도 않고, 그 남자의 눈길도
느끼지 못하고 있어
마음을 바다에게 빼앗겼거든

둘은, 한참 동안이나 온 마음을 다해 사랑하고 있어
남자는 그녀를, 그녀는 바다를
얼마나 지났을까 저녁노을이 드리우고 있어
민들레들도 노을이 들어 저보다 더 샛노란 등불을 켜고
하얀색 그녀의 원피스에도 노을이 물들고 있어

둘은, 이제 만나야 할 시간이야
아바타, 이제 그만 등을 돌려 바라봐
너의 운명 앞으로 걸어가는 거야
그 남자의 너를 향한 눈동자를 봐
좀 더 가까이 다가가
빛나고 있지, 저 타오르는 저녁노을처럼

– 시 「아바타에게」 전문

너울대며 춤을 추듯 떨어지는 낙엽들
나비가 되고 싶었던 거야

무심한 사람들 발에 밟히는 일이 두려웠던 거야
어느덧 깊어진 무리 속에 있다는 것이
맥없이 홀로서기를 하는 것보다 위안이 될 만큼
함께하는 일들에 대해 길들여져 있던 거야
혼자서는, 혼자서는 나비의 군무를
그릴 수가 없었던 거야
화려한 비상을 꿈꾸었던 것은 아니야
다만, 한 떨기 꽃잎이 스러지듯 허무하게 떨어져
낭만이 죽은 어느 거리엔가로 이탈해 버린다면
아, 그것은 그의 생애 어느 한 순간에도
상상하지 못했던 일일거야
때 맞춰 사연 많은 바람마저 불어준다면
낙하하는 모든 것들과 함께 춤을 추는 거야
나비의 춤을

-시 「나비의 춤」 전문

　시 「아바타에게」와 시 「나비의 춤」은 대상을 마주보며 이야기를
나누듯 언어 체계가 -거야, -있어 라는 숙어를 반복하여 의미를 담
고 있다. 아바타와 나비를 캐릭터로 설정하고 마치 '나'의 분신에게
전하듯 말을 읊조리는 이 시는 현실 속의 내가 아닌 이상의 세계에
숨 쉬는 나와의 대화라고 해도 무리가 없을 것이다. '둘은, 이제 만
나야 할 시간이야/아바타, 이제 그만 등을 돌려 바라봐/너의 운명
앞으로 걸어가는 거야/그 남자의 너를 향한 눈동자를 봐/좀 더 가

까이 다가가/빛나고 있지, 저 타오르는 저녁노을처럼' 아름다운 수
채화 속 그 남자와 그녀를 만날 수 있는 이 시는 현실 속에서 이루
지 못한 꿈의 세계에 가 닿는 어여쁜 그림이다. 타오르는 저녁노을
처럼 사랑의 불꽃이 두 남녀의 실루엣을 그려내고 있다.

　시 「나비의 춤」은 떨어져 내리는 낙엽의 몸짓이 나비의 춤이 되
는 언어의 깊이로 의미가 확장된다. 나비의 화려한 비상의 나래는
애당초 낙엽의 꿈이었다. '너울대며 춤을 추듯 떨어지는 낙엽들/나
비가 되고 싶었던 거야/무심한 사람들 발에 밟히는 일이 두려웠던
거야'라며 감추어둔 낙엽의 꿈을 펼쳐내고 있는 것이다. 무심한 사
람들의 발에 밟히는 일을 두려워한 낙엽의 조락의 아픔이 가시화된
이 시의 메시지는 끝내 낙하하고 마는 나뭇잎의 슬픔이다. 다만 '혼
자서는, 혼자서는 나비의 군무를/그릴 수가 없었던 거야/화려한 비
상을 꿈꾸었던 것은 아니야/다만, 한 떨기 꽃잎이 스러지듯 허무하
게 떨어져/낭만이 죽은 어느 거리엔가로 이탈해 버린다면' 그렇게
생의 어느 한 순간도 홀로 떨어져 유배되리라는 일은 상상하지 못
했던 두려움으로 낙엽무리의 군무를 그려내고 있다. 무리로 떨어
지는 낙엽의 군무(나비의 춤)는 결코 혼자가 아니어서 외롭지 않은
위안을 말하고 있다.

　　　나무 한 몸을 빌려
　　　계절을 살고
　　　이제 가야 할 시간
　　　또 다른 탄생을 위해
　　　잠시 쉬어 가는 공간

처음부터
나의 것은 없었으므로
부유하는 바람조차도
소유하지 않은
그의 낙하는
깃털보다 가볍다

무
소
유

단지 허밍 음만으로
뱅그르르
가볍게, 더 가볍게
낙하한다

- 시 「낙엽 1」 전문

꽃처럼 나무처럼
세상에 어떤 의미가 되는 것에 집착하지 않는
욕심 없는 그대가 좋다

강한 듯 보이나
사실은 바람의 작은 속삭임에도 귀 기울여주는

마음 따뜻한 그대가 좋다

세찬 바람이 불면
바람 부는 대로 물결이 되어주는 목소리 크지 않은
소박한 그대가 참 좋다

- 시「갈대 1」 전문

　가을의 시간은 풍요의 생산적 의미와 붉은 단풍 빛 잎새가 나뭇가지에서 떨어져 조락의 이별을 감내하지 않을 수 없는 계절이다. 시「낙엽 1」은 '나무 한 몸을 빌려/계절을 살고/이제 가야 할 시간'의 거스를 수 없는 자연의 순리를 무소유의 깊이로 재고 있다. 버림으로 하여 또 다른 탄생을 위해 잠시 쉬어 가는 공간이라는 맨몸의 가벼움을 보여주고 있다. '처음부터/나의 것은 없었으므로/부유하는 바람조차도/소유하지 않은/그의 낙하는/깃털보다 가볍다'고 한다. 무소유의 선각자 법정스님의 말씀을 빌릴 수 있는 이 시는 가벼움의 아름다움을 꽃잎처럼 피워 올린다. 무소유, 단지 허밍만으로 가볍게 더 가볍게 낙하하는 깨우침의 눈뜸이 독자의 가슴에 스며든다.

　시「갈대 1」은 가을의 상징적 식물이다. 쓸쓸한 혹은 외로움의 언덕에 서서 가슴시린 이들을 위로하는 가을하늘 밑 들녘의 주인이다. 다만 화려한 꽃나무처럼 드러나지 않는 자태로 계절이 소유한 허허로운 마음을 다독이는 갈대는 저 혼자가 아닌 무리의 군락이어서 더 아름답다. 서로 서로 어깨를 마주하고 '바람의 속삭임에 귀 기울여주는' 따뜻한 마음의 소유자가 된다. 시 「갈대 1」은 '그대가 좋다/그대가 좋다/그대가 좋다'는 갈대의 예찬이다. 욕심 없는 그대, 따뜻한 그대, 소박한 그대가 참 좋다고 한다. 어떤 의미에 집착하지 않는, 바람의 작은 속삭임에 귀 기울여주는, 바람부는 대로 물결이 되어 목소리 크지 않은 그대를 향한 찬사이다.

> 토닥이던 따스한 햇살마저 훌쩍 떠나 버려
> 외롭게 앉아 있는 벤치
> 풍경 속 어느 한 점으로 흡입되고
> 길을 잃은 듯 추운 발자국만 흩어져 있다
>
> 나 홀로 바람과 동행하는 길
> 차가운 계절이 지나가고 있다
> 멈출 수도 있지만 멈추고 싶지 않은 길
> 끝없이 펼쳐지는 광활한 평야다
>
> 저 멀리 보이는 지평선의 언덕
> 그리운 것들로 가득 채워지는 시간
> 느린 걸음으로 하루를 반추해 보는 시간 위로
> 민들레 홀씨 같은 서설이 동반자처럼 날린다
>
> 가슴에 부딪쳐 오는 푸르게 부신 은하수
> 또 내일은 환한 햇살로 맞을 것이다
>
> – 시 「겨울 풍경」 전문

야위어가는 겨울나무 가지 끝에서
그리움은 온다

분홍빛 칵테일 추억마저 풍장해 버린
저 메마른 침묵

빈 잔처럼 사라져버린 흔적을 안고
사막에 이는 모래 폭풍처럼 걸어온다

첫사랑의 눈빛을 머금고
북극을 횡단해 온 저 환한 전라의 달빛

그 달빛에 젖다보면
황무지에서도 그리움의 꽃은 피어나는가

– 시 「겨울나무」 전문

시 「겨울 풍경」은 민들레 홀씨처럼 서설이 동반자처럼 날리는 겨울의 시간 위로 나 홀로 그리운 것들과 만나는 공간 묘사이다. 따스한 햇살마저 훌쩍 떠나버린 풍경속으로의 발걸음이 고즈넉한 배경을 깔아놓고 조용하고 아늑한 분위기를 만들고 있다. '토닥이던 따스한 햇살마저 훌쩍 떠나 버려/외롭게 앉아 있는 벤치/풍경 속 어느 한 점으로 흡입되고/길을 잃은 듯 추운 발자국만 흩어져 있다'는 첫 연의 그림 하나가 이 시의 정서를 압축하여 보여주고 있듯이 나홀로 바람과 동행하는 끝없이 펼쳐지는 광활한 평야에 서있는 화자와 만나게 된다. 그러나 민들레 홀씨 같은 서설이 동반자처럼 날리고 있지만 앞서 언급한 바와 같이 양채은 시의 영혼의 씨앗은 절망하거나 좌절하지 않는다. '가슴에 부딪쳐 오는 푸르게 부신 은하수/또 내일은 환한 햇살로 맞을 것이다'라며 다가올 봄날의 눈부신 햇살을 기약하고 있다.

시 「겨울나무」를 읽는다. 각 2행의 5연으로 겨울나무의 총체적 의미를 짚고 있는 이 시는 첫 연 두 행으로 구조된 그리움의 출처가 제시한 의도에 숨이 멎을 듯 시선을 모은다. '야위어가는 겨울나무 가지 끝에서/그리움은 온다'는 것이다. 세상 속에 놓여진 수많은 그리움의 이유 가운데에 '야위어가는 겨울나무 가지 끝에서' 만나게 되는 그리움의 빛깔에 머물지 않을 수 없다. '분홍빛 칵테일 추억마저 풍장해 버린/저 메마른 침묵'이다. 분홍빛 칵테일 추억으로 이미 지화 된 아름다운 날들의 추억마저 바람에 지워 지고 야위어버린 나뭇가지의 내력이 아프다. 그러나 '첫사랑의 눈빛을 머금고/북극을 횡단해 온 저 환한 전라의 달빛//그 달빛에 젖다보면/황무지에서도 그리움의 꽃은 피어나는가' 긍정해 내고 있다. 앙상한 나신으로 서있는 겨울나무(황무지)에게서도 북극을 횡단해 온 전라의 달빛으로 그리움은 피어난다는 것이다. 앙상한 나목처럼 메마른 노인의 기억 속에 담긴 아름다운 첫사랑을 만나는 듯하여 숙연해 진다.

아련한 봄빛아래
휘청이는 순백의 꽃망울
영화 속 주인공처럼
마지막 큐─싸인 만을

기다리고 있다

그 아득한 하얀 떨림

쉼 없이 바라보고 있으면
우연처럼
운명처럼
타오르는 사랑의 순간

그 아득한 하얀 떨림

가만히 눈감고
더디게 수를 세고 있으면
거짓말처럼
피어나는 사랑의 절정

- 시 「목련화」 전문

웅크린 채 흐린 날
마음 통하는 너와의 만남에
무게를 두고
우산 없이 길 떠난다
차오르는 사막 같은 목마름
금방이라도 너를 안고 올 바람이 있어
그래도 견딜 만하다

기다림이란 늘 이렇게
애타는 일인가 보다

후

   두

      둑

얼굴에, 맨살에
느낌표로 떨어지는 너의 존재
푸르게 익어가는 가로수 길 한복판
싸---한 어지럼증이 인다

- 시 「봄비」 전문

시 「목련화」는 '그 아득한 하얀 떨림' 속으로 시선을 집중시켜 본
다. 첫 연과 두 번째 연 사이사이에 배치한 '하얀 떨림'의 의도는 이
시의 핵심적 메시지를 주지시키는 연상적 효과를 의도함이다. 극명
한 강조를 통한 '타오르는 사랑의 순간'과 '피어나는 사랑의 순간'으
로 잇는 떨림에 대한 암시적 설득이다. '아련한 봄빛아래/휘청이는
순백의 꽃망울/영화 속 주인공처럼/마지막 큐—싸인 만을/기다리고
있다' 는 개화의 순간을 앞둔 꽃망울의 설렘이 강조된다. '그 아득한
하얀 떨림' 순결한 신부의 사랑은 우연처럼 운명처럼 타오르는 떨
림으로 시작되고 있다. '가만히 눈감고/더디게 수를 세고 있으면/거
짓말처럼/피어나는 사랑의 절정'이 된다는 것이다. 꽃망울이 꽃잎

을 피워내는 만개의 순간은 순백의 꽃망울이 비로소 여인이 되는
과정이다. '그 아득한 하얀 떨림으로' 사랑을 맞이하고 있다.

　시 「봄비」는 기다림 속의 '너'의 존재로 푸르게 익어가는 가로수
의 어지럼증이다. 얼굴에, 맨살에 떨어지는 느낌표의 너 기다림의
재회가 된다. 늘 애를 태우는 기다림으로 후- 두- 둑- 만나게 되는
기쁨이 이 시의 흐름이라고 말할 수 있다. '웅크린 채 흐린 날/중략/
우산 없이 길 떠난다/차오르는 사막 같은 목마름/금방이라도 너를
안고 올 바람이 있어/그래도 견딜 만하다/기다림이란 늘 이렇게/애
타는 일인가 보다' 스스로 확인하고 있는 그 애타는 그리움으로 회
복된 만남이 봄날의 어지럼증을 유도하고 있다. 싸한 어지럼증으로
시작될 푸른 생명의 돋아남이 이 봄비가 가져올 희망의 메시지임을
예감하게 한다.

　양채은 시의 저변에는 사계절의 숨소리가 흐른다. 어쩌면 인간의
삶은 이 사계절의 시간 속에서 벗어날 수 없는 일이다. 하지만 오늘
양시인의 시 71편의 총체적인 흐름 속에서 가을, 겨울, 봄으로 잇는
자연의 순환 고리를 생명의 숨소리로 조망하여 들여다보았다. 자
연은 피고 지는 속성 속에서 성장하고 소멸한다. 이 벗어날 수 없는
생멸의 이치를 유독 양채은 시인은 긍정의 시선으로 받아들이고
있다. 다소 늦은 듯 한 첫 시집 출간을 마음깊이 축하하면서 순백의
순수로 짚어내는 양채은 시의 아름다운 언어읽기를 이쯤에서 접기
로 한다.

별이 있는

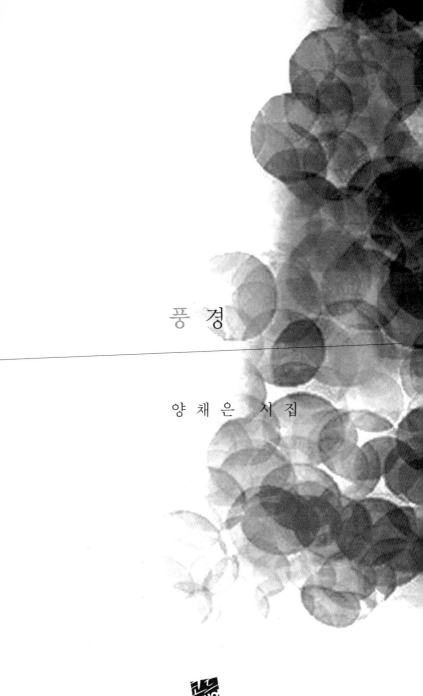

풍 경

양 채 은 시 집

별이 있는 풍경

양채은 시집